L'Énigme
des statues de bois

L'Énigme
des statues de bois

histoire • Donn Kushner

gravures sur bois • N.R. Jackson
traduction • Nicole Ferron

Annick
Toronto • New York

Annick Press tient à remercier le Conseil des Arts du Canada et le Conseil des Arts de l'Ontario pour leur aide.

Données de catalogage avant publication (Canada)

Kushner, Donn, 1927-
   [Thief among statues. Français]
   L'énigme de statues de bois

Traduction de: A thief among statues.
ISBN 1-55037-346-3

I. Jackson, Nancy Ruth. II. Titre.
III. Titre: Thief among statues.   Français.

PS8571.U82T4514 1994   jC813'.54   C94-930537-5
PZ23.K87En 1994

Distribution au Québec:
Diffusion Dimedia Inc.
539, boul. Lebeau
St-Laurent, PQ H4N 1S2

Distribution au Canada:
Firefly Books Ltd.
250 Sparks Avenue
Willowdale, Ontario M2H 2S4

Distribution aux États-Unis:
Firefly Books Ltd.
P.O. Box 1325
Ellicott Station
Buffalo, New York 14205

Imprimé au Canada par
Imprimerie Quebecor

❧

À Anna
et à la mémoire
de Joseph et Michael

❧

Pendant la semaine, l'église du gros bourg de Merchantville est fermée à double tour. Si vous désirez voir les personnages sculptés de sa célèbre crèche, vous devrez demander au pasteur, au sacristain ou à un marguillier de vous ouvrir la porte. Il est probable qu'au début ils garderont un œil sur vous pendant que vous prendrez des notes et des photos. Tous ont entendu parler de vols de précieux objets d'art commis dans divers lieux saints, et ils veulent s'assurer que rien de tel ne se produira chez eux. Plus tard, lorsque la confiance sera établie, ils vous feront peut-être remarquer qu'il n'est pas nécessaire de gaspiller toute cette pellicule puisque, pour seulement cinq dollars, on peut acheter une brochure bien illustrée qui explique la présence de ces statues dans l'église.

Mais aucun de ces guides, ni personne qui soit encore de ce monde, ne connaît en fait la *véritable* histoire de ces statues.

Au début de ce siècle, peu après la Première Guerre mondiale, les jeunes hommes étaient rares au Canada. De nombreux fermiers manquaient de main-d'œuvre. Pour les aider, ils acceptaient de recueillir des enfants orphelins ou abandonnés par leurs parents, qui venaient de foyers pour enfants démunis d'Angleterre ou d'Écosse. L'un d'eux, Brian Newgate, était un gamin des rues de Londres. Son père et sa belle-mère avaient renoncé à s'occuper de lui. Il était rouquin, petit et maigre, et avait un faible pour les objets qui ne lui appartenaient pas. Il avait vite su s'approprier les noix et les pommes des étals du marché; les brioches et les sucreries trouvaient sans difficulté le chemin de ses poches. Personne n'était au courant de ce penchant, sauf les autres garçons de l'orphelinat avec qui Brian partageait avec joie le fruit de ses larcins.

Un marchand de légumes tenait cependant Brian à l'œil; un soir, il l'attrapa et, après lui avoir fait une balafre à la bouche, le traîna par une oreille jusqu'à l'orphelinat.

– J'ai mon propre chien de garde, annonça fièrement le marchand en brandissant un court fouet devant les yeux du gamin. La prochaine fois, tu auras affaire à la police!

L'orphelinat avait toujours su éviter les scandales et les autorités de cet établissement décidèrent que Brian serait mieux dans les colonies. Le directeur en personne l'accompagna jusqu'au bateau qui devait l'emmener au Canada et l'encouragea à recommencer sa vie à zéro.

Pendant un certain temps, Brian en eut l'intention. Les premiers fermiers chez qui il logea habitaient une petite ferme nichée dans les mornes collines de l'Ontario. Là, Brian n'eut droit qu'aux restes de la table familiale. Comment pourrait-il se résigner à un tel régime? Ayant réussi à crocheter la serrure du garde-manger, il se gava tant et si bien que la fermière finit par se poser des questions sur son manque d'appétit lorsqu'elle lui proposait la respectable nourriture que la famille daignait lui laisser. Son mari et elle passèrent donc la moitié de la nuit dans leur cuisine glacée, à attendre que Brian se montre pour le prendre sur le fait. Ce qui arriva. Le lendemain, ils le renvoyèrent donc à l'agence de Toronto, avec une nouvelle balafre, au cou cette fois-ci.

L'agence lui offrit une deuxième chance chez un autre fermier qui savait bien qu'hommes et bêtes devaient être correctement nourris pour travailler efficacement. De plus, la fermière était aussi gentille à son égard qu'elle osait l'être. Mais lorsque le fermier s'aperçut qu'il manquait de l'argent dans le buffet, il n'eut aucun doute sur l'auteur du vol. Brian, lui, savait bien qu'il n'avait pas volé, mais, le soir, il surprit une conversation entre le fermier et sa femme.

– Je n'aurais jamais dû accepter que ce garçon

vienne ici. On m'avait prévenu qu'il avait volé chez les fermiers qui l'ont accueilli avant nous.

– Seulement de la nourriture, lui fit remarquer sa femme. Il a bon appétit comme tu as pu le constater.

– Tout un appétit pour un avorton! grogna le fermier. Peu importe ce qu'il a volé : qui vole un œuf, vole un bœuf.

Après un silence pendant lequel Brian imagina le coup d'œil rageur que devait lancer le fermier à sa femme pour l'empêcher de répliquer, celui-ci ajouta :

– Si je ne retrouve pas cet argent demain matin, je vais lui faire cracher la vérité.

Brian attendit que le fermier soit bien endormi avant de se glisser dans l'escalier. Mais l'épouse de ce dernier avait dû entendre grincer les marches car, peu après minuit, elle se faufila à son tour dans la cuisine où Brian attendait qu'un nuage cache la lune pour s'éclipser.

– Tu t'en vas? chuchota-t-elle.

– Oui, m'dame.

– C'est mieux ainsi, fit-elle en hochant la tête.

Elle regarda alors son léger manteau sûrement plus adapté aux températures londonniennes qu'aux durs hivers canadiens.

– Tiens, prends ça si tu veux, dit-elle, désignant

du menton une veste chaude et des mitaines suspendues dans un coin. Blake a beaucoup grandi. Ces bottes aussi sont trop petites pour lui maintenant.

– Oh! merci, m'dame! fit Brian.

– Ne me remercie pas. Va-t'en! Cache-toi jusqu'à ce que tu sois assez loin. Tu trouveras peut-être un moyen de transport au café des Quat' Chemins. Attends! lança-t-elle au moment où Brian ouvrait la porte.

Elle prit deux beignets rassis et les fourra dans chacune des poches de la veste du garçon.

– Personne ne s'apercevra de leur disparition, chuchota-t-elle.

Prenant ses jambes à son cou, Brian courut tout le long de l'allée, puis du chemin, s'accroupissant derrière les congères jusqu'à ce que la ferme soit hors de vue. Pourquoi a-t-elle voulu se débarrasser si vite de moi? se demanda-t-il. Elle sait, bien sûr, pensa-t-il, que c'est le gros Blake qui a pris l'argent et elle pense que c'est moi qu'on va accuser. Elle n'est pas si méchante que cela, conclut-il en mordant dans un beignet.

❧ II ❦

Une fois arrivé au café des Quat' Chemins, Brian se glissa dans un camion chargé de dindes enfermées dans des cages. Dans deux jours, c'était Noël. Il passa la nuit et une partie du jour suivant en compagnie de ces volatiles mélancoliques et plaintifs, reculant vers le fond du camion au fur et à mesure que les cages étaient déchargées. Parfois il entrevoyait le conducteur, un gros homme aux gestes lents, qui sifflait tout le temps. Tôt, la veille de Noël, le camion s'arrêta longuement à Merchantville pour livrer les dernières dindes, et Brian en profita pour se faufiler dehors.

Il déboucha sur la place du marché couvert, avec ses étals de fruits et de dindes et ses réchauds au kérosène. Les marchands échangèrent un regard et l'un d'eux, qui avait vu Brian descendre du camion, appela le conducteur :

– Eh, Nestor ! C'est une autre de tes dindes ?

Ils éclatèrent tous de rire. Nestor, le camionneur, se gratta le crâne et se dirigea vers Brian. Il n'a pas l'air dangereux, pensa Brian, légèrement perplexe, mais pourquoi courir un risque ? Et il préféra s'enfuir de nouveau.

Il se retrouva dans une grande rue bien éclairée,

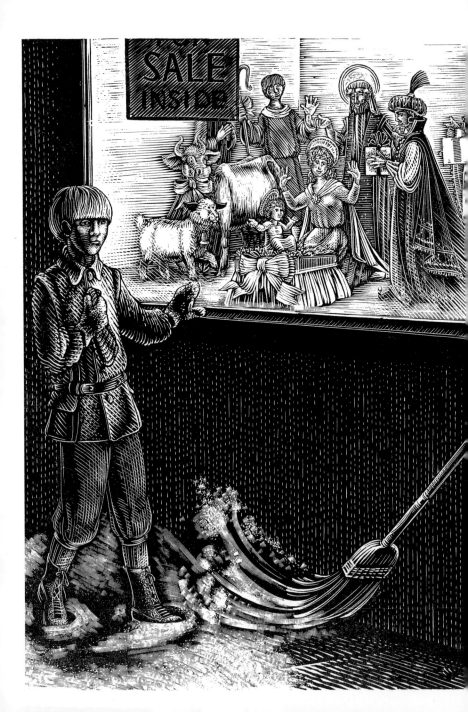

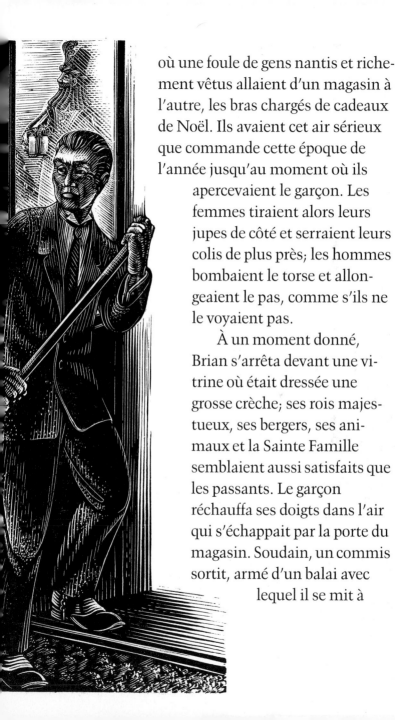

où une foule de gens nantis et riche-
ment vêtus allaient d'un magasin à
l'autre, les bras chargés de cadeaux
de Noël. Ils avaient cet air sérieux
que commande cette époque de
l'année jusqu'au moment où ils
aperçevaient le garçon. Les
femmes tiraient alors leurs
jupes de côté et serraient leurs
colis de plus près; les hommes
bombaient le torse et allon-
geaient le pas, comme s'ils ne
le voyaient pas.

À un moment donné,
Brian s'arrêta devant une vitrine où était dressée une
grosse crèche; ses rois majes-
tueux, ses bergers, ses animaux et la Sainte Famille
semblaient aussi satisfaits que
les passants. Le garçon
réchauffa ses doigts dans l'air
qui s'échappait par la porte du
magasin. Soudain, un commis
sortit, armé d'un balai avec
lequel il se mit à

déblayer la neige et semblait prêt à faire subir le même sort à Brian si ce dernier ne quittait pas les lieux.

Brian se fondit de nouveau dans la foule. Un grand nombre de personnes, les mains vides cette fois, se dirigeaient vers une grosse église en brique située un peu au-delà des magasins.

Elles venaient sans doute de terminer leur souper : plusieurs s'essuyaient encore la bouche ou se tournaient poliment de côté pour roter. Un garçon boutonneux, pas plus grand que Brian, mais deux fois plus gros que lui, avait la main plongée dans un sac de petits gâteaux. L'air fâché, sa mère le secoua par le bras tandis que son père attrapait le sac de friandises et l'enfouissait dans la poche de son grand manteau de fourrure. Pas assez profondément cependant. Brian réussit à le subtiliser facilement et s'empressa de s'évanouir dans la foule. Le garçon, qui devait avoir eu la même idée que Brian, s'aperçut de la disparition du sac, mais sa mère l'entraînait déjà dans l'église.

Vêtu d'une longue soutane noire, un pasteur à l'air renfrogné accueillait les fidèles à la porte de l'église. Est-ce moi qu'il regarde ? se demanda Brian. Non, ce n'était pas lui, mais un mendiant assis par terre, qu'un petit cercle de curieux entourait. L'homme était maigre et barbu, avec un front large. Ses épaules étaient couvertes d'une vieille cape dont le capuchon était rempli de neige. Le mendiant souriait, à lui-même surtout, mais parfois aussi aux badauds. Une boîte contenant deux pièces de monnaie reposait sur ses genoux. Une femme ouvrit son sac à main et y déposa une autre pièce. Embarrassé, son mari la prit par le bras et l'entraîna à l'intérieur de l'église. Le mendiant sourit à Brian et lui fit, d'un clin d'œil et d'un mouvement de tête, signe d'entrer. Le pasteur n'était plus à la porte. Juste avant de passer le seuil de l'église, Brian se tourna vers le mendiant et le vit agiter sa boîte tandis que les autres fidèles passaient rapidement devant lui. Nestor, le camionneur, arriva le dernier; il laissa tomber une pièce dans la boîte du mendiant avant que la porte de l'église ne se referme derrière lui.

L'église était chaude. Il y régnait une odeur de cire et de sapin. Certains paroissiens regardaient Brian avec méfiance, mais la plupart se hâtaient vers les bancs d'en avant. Brian resta en arrière et se glissa sur le côté. Là, derrière un pilier qui lui cachait l'autel, se trouvait un petit banc de trois places que tout le monde négligeait. Personne ne remarqua Brian, sauf Nestor qui lui sourit avant de rejoindre sa place.

Le garçon boutonneux descendait l'allée centrale, toujours en quête de son sac de gâteaux. Son père le tira dans un banc au moment où le pasteur montait en chaire. Les notes de l'orgue et les chants du chœur remplirent alors l'église.

Au début, Brian fouilla l'église du regard pour trouver un endroit où passer la nuit. Derrière lui, sous les tuyaux de l'orgue, il remarqua une pile de capes noires posées sur un banc enfoncé dans une niche peu profonde. Il y pendait un rideau noir à moitié ouvert, rattaché à deux piliers de bois carrés qui encadraient ce renfoncement. Lorsque l'assemblée se leva pour entonner un hymne joyeux, Brian se glissa derrière le rideau et se cacha sous les vêtements.

Le service se poursuivit par un sermon. De sa cachette, Brian entendait la voix assurée du pasteur qui proclamait :

– Des trois vertus théologales, la foi, l'espérance et la charité, les Saintes Écritures louent la charité «par-dessus tout». En cette saison de réjouissances, lorsque vous aurez regagné vos foyers où brûle un bon feu, et retrouvé vos arbres de Noël et vos tables bien garnies, ayez une pensée et même un présent pour les plus démunis. Donnez aux bonnes œuvres qui s'occupent des pauvres *qui le méritent*. Sauf rares exceptions, nous n'avons pas été troublés par la vue de mendiants. La plupart sont probablement devenus assez riches… Mais, malheureusement, on voit trop de petits malfaiteurs dans les rues en cette saison. C'est là qu'il ne faut pas détourner le regard et fermer les yeux sur le crime. Cela serait un bien plus grand péché.

Sur ces mots, l'assemblée se secoua et soupira allègrement en signe d'acquiescement.

De petits malfaiteurs, pensa Brian. S'agit-il de moi et des gâteaux que j'ai volés? Comment a-t-il pu le savoir?

L'assemblée se leva pour entonner un autre hymne et, bientôt, le service fut terminé. Brian se tassa sous les capes dès qu'il vit les paroissiens se lever et se diriger vers la sortie. À la porte de l'église, le pasteur leur souhaita une bonne nuit et échangea des vœux de Noël avec ses fidèles. Nestor, toujours dernier, s'arrêta pour discuter un peu.

– Merci d'être venu! dit chaleureusement le pasteur en serrant la grosse main du camionneur.

– Quel beau sermon, pasteur!

– Merci encore une fois!

– Mais vous avez été dur, non? Le ton du prêtre se fit plus sec, moins cordial.

– Vous êtes nouveau ici, je crois.

– Je ne fais que passer, répondit Nestor.

– Vous devez faire allusion à ce mendiant près des marches, fit le pasteur d'un ton plus doux. Ne tombez pas dans le piège. Je ne le vois qu'à cette période de l'année et il ne ne se montre que le soir. Personne ne sait qui il est ni d'où il vient. C'est un étranger, un pur étranger!

– En quelque sorte, il ne fait que passer.

– Exactement.

– Eh bien, dit Nestor, joyeux Noël tout de même.

– Et un joyeux Noël à vous aussi!

Le pasteur quitta l'église peu après le camionneur, éteignant derrière lui toutes les lampes, sauf celles qui éclairaient les coins. L'église s'installa dans une semi-obscurité, envahie par les bruits de la nuit : grincements et craquements étranges d'une grosse bâtisse qui se refroidit, curieux gargouillis qui s'échappent des tuyaux de l'orgue au-dessus de la niche où s'était couché Brian et bruit feutré des pas à l'extérieur.

Les capes sentaient le moisi, mais elles tenaient Brian bien au chaud. Le garçon venait juste de se recroqueviller pour s'endormir lorsqu'il se rendit compte que l'église n'était pas tout à fait vide. Deux hommes discutaient. Leurs voix étaient si proches que Brian pensa qu'ils devaient se tenir de chaque côté de la niche.

– Monsieur Prescott était dans une forme exceptionnelle, ce soir, n'est-ce pas? fit la voix profonde, à droite.

– Hélas non, votre Majesté, répliqua sur la gauche une voix plus aiguë qui semblait se retenir de rire. Pas exceptionnelle du tout.

– Mais, votre Majesté, fit la voix de droite (Votre Majesté! pensa Brian. Mais qui *étaient* donc ces deux hommes?), nous n'avons pas entendu ce sermon de toute l'année!

– C'est pourtant toujours le même : aux bonnes œuvres qui s'occupent des pauvres qui le méritent.

– Je me souviens des sermons de Noël de M. Meanwell, dit pensivement la voix profonde venant de droite. Il parlait des pauvres qui étaient toujours avec nous. Mais il ne s'inquiétait pas de savoir s'ils méritaient quoi que ce soit.

– Pas au début, parce qu'il est arrivé juste après M. Naismith, ricana la voix de gauche. Plus tard, il s'est rendu compte que les temps avaient bien changé.

– Monsieur Naismith aimait tous les pauvres,

sans exception, fit tristement l'autre voix. Je pense qu'il aimait vraiment tout le monde.

Brian écoutait cette étrange conversation sans vraiment porter attention à ce qui se disait, attendant seulement que les deux hommes s'en aillent pour s'endormir. Mais les voix, si proches, ne ressemblaient à aucune voix jamais entendue. Elles semblaient résonner d'une étrange façon. Brian avait l'impression qu'elles traversaient un mur de bois. Il se demandait s'il n'était pas en train de rêver. Mais la suite de la conversation le réveilla complètement.

– Oui, dit la voix de gauche, il aurait même trouvé quelque chose à faire faire au jeune voleur qui est ici.

– Est-ce vraiment un voleur?

– Bien sûr. Sinon, pourquoi se cacherait-il comme il le fait? Et que peut bien contenir son sac?

– Est-ce qu'on ne ferait pas mieux d'aller y voir? demanda la voix profonde.

– Dès que nous le pourrons, gloussa l'autre voix. Alors, jeune voleur, sors de ta cachette tout de suite!

Brian se tassa sur lui-même. Comment l'avaient-ils retrouvé? Devait-il se sauver à toutes jambes? Quels qu'ils soient, cependant, ces hommes ne semblaient pas méchants. Peut-être le laisseraient-ils passer la nuit dans l'église? Il repoussa les capes et sortit de sa niche.

⊰ III ⊱

Personne! Le rideau bougeait encore, mais le banc était vide, tout comme les allées; Brian ne voyait aucun endroit où deux hommes auraient pu se cacher.

– Où êtes-vous? demanda-t-il dans un souffle.

– Quelle question, répondit la deuxième voix, alors que pendant tout ce temps tu mangeais tes gâteries entre nous.

– J'avais faim! s'exclama Brian sans réfléchir.

Puis il regarda furtivement partout dans l'église vide.

– Mais où êtes-vous?

– Tu as des yeux et des oreilles, non? lança impatiemment la deuxième voix.

Brian se rendit compte alors que les voix venaient des piliers de bois, de chaque côté de la niche!

– Êtes-vous là-dedans? chuchota-t-il.

– Oui, dit la deuxième voix, et tu vas nous aider à en sortir.

Les en faire sortir! Brian était trop heureux de les savoir prisonnières. Il ferait mieux de se sauver pendant qu'il en était encore temps. Il observa les piliers, composé chacun de quatre planches maladroitement clouées ensemble. Le premier fermier chez qui il avait vécu l'avait enfermé toute une nuit, avant de le conduire au train pour Toronto, dans un placard dont les planches étaient de la même couleur. Depuis combien de temps ces voix étaient-elles enfermées? Comment pouvaient-elles survivre ou parler là-dedans? Il se rappela avoir observé des charpentiers au travail, à Londres.

– Y a-t-il des outils ici? demanda-t-il. Un marteau ou un pied-de-biche?

– Quel bon garçon! dit la première voix. Oui, le concierge en a.

– Tu parles d'un concierge! lança la seconde. Ce n'est qu'un balourd incompétent, aussi mauvais que celui qui nous a enfermées ici.

– Il garde ses outils au sous-sol, reprit la première voix. Les marches sont juste derrière l'autel.

Puis un grand silence s'installa. Brian attendit que les voix parlent de nouveau, et lorsque la deuxième se mit à tousser d'impatience, il décida d'agir.

Brian se dirigea vers l'avant de l'église déserte. Que faisait-il là? Il pourrait sûrement trouver une autre cachette et laisser ces deux «Majestés», quelles qu'elles soient, enfermées dans leur pilier. Ainsi, elles ne pourraient pas lui faire de mal. Mais elles lui semblaient finalement plutôt sympathiques. De toute façon, il était certain qu'elles n'essayaient pas de lui jouer un tour. De plus, c'était la première fois qu'on lui *demandait* vraiment de rendre service.

L'église n'était cependant pas entièrement vide. Le mendiant qui lui avait fait un clin d'œil dormait près de l'autel, la tête rentrée dans son manteau. L'homme souriait dans son sommeil, laissant voir deux dents qui brillaient à travers sa barbe clairsemée.

Sur la pointe des pieds, Brian dépassa le mendiant et descendit au sous-sol. Une faible lumière éclairait le corridor qui menait à une pièce basse meublée de tables sur tréteaux et de chaises pliantes. Une porte s'ouvrait sur une chaudière à charbon ronflante et, tout au fond, se trouvait un petit établi avec un banc et un meuble mal verrouillé. Brian en força les portes avec une vieille

hache oubliée dans un coin. Il s'empara d'un pied-de-biche et d'un marteau trouvés dans un tas d'outils jetés là pêle-mêle.

Lorsqu'il remonta, Brian remarqua que le mendiant ne dormait plus près de l'autel. Était-ce son ombre qui se profilait au fond de l'église? Le garçon retourna tout de même à la niche.

Les piliers étaient silencieux. À la fois effrayé et comme pris de folie, Brian choisit le pied-de-biche et s'attaqua aux planches du pilier de droite. En se déclouant, les premières planches révélèrent un long visage de bois, barbu et plein d'humour, puis la silhouette d'un homme debout. Lorsque les autres planches furent retirées, Brian s'aperçut que le personnage était sculpté dans un grand poteau qui allait du plancher au plafond.

Le deuxième personnage ressemblait au premier, à l'exception du visage, plus vieux, sans barbe, triste et noble. Tous deux portaient une riche tunique sculptée et une couronne de bois ornée de pointes à partir desquelles le poteau continuait jusqu'au plafond.

– Qui êtes-vous? chuchota Brian. (Le garçon se rappela soudain qu'il les avait entendus s'appeler entre eux «Votre Majesté».) Seriez-vous de vrais rois?

Il observa attentivement les personnages de

27

bois et fut soulagé de s'apercevoir que leurs lèvres ne bougeaient pas lorsqu'ils parlaient. Mais les sons provenaient vraiment d'eux.

Un des personnages se mit à rire; l'autre, celui qui avait parlé en premier, dit :

– Bien sûr que nous sommes de vrais rois. Lui, c'est le roi Gaspard et moi, je suis le roi Melchior.

Comme Brian ne disait rien, le deuxième personnage, le roi Melchior, ajouta :

– Tu n'as pas l'air d'avoir lu la Bible.

– Non, monsieur.

– De toute façon, il ne nous y trouverait pas, fit remarquer le roi Gaspard. D'après M. Naismith, nous étions seulement mentionnés dans l'évangile de Matthieu. Nos noms ont été découverts plus tard, en même temps que celui de Balthazar.

– Qui n'est pas ici, précisa le roi Melchior. Mais nous faisions tous partie de la même crèche, ajouta-t-il solennellement.

– Une quoi?

– Tu connais sûrement : l'étable, les bergers, la Sainte Famille, l'âne et le bœuf.

– Comme dans la vitrine du magasin? demanda Brian.

– C'est cela, acquiesça le roi Gaspard.

Mais maintenant que les statues étaient libres

et qu'il pouvait vraiment voir leur visage, Brian les écoutait à peine. Elles avaient bel et bien des visages de rois, pensa-t-il. Gaspard, qui lui semblait étrangement familier, souriait, comme il devait le faire du temps de son vivant. Le visage de Melchior était plus sérieux, mais bon. Comment quelqu'un avait-il pu oser cacher de telles figures?

La réponse vint de sa droite, de Gaspard dont les lèvres de bois aussi étaient immobiles. C'était plutôt comme si les mots résonnaient dans la tête de Brian, qui se demandait si quelqu'un d'autre pouvait entendre.

– Tu te demandes pourquoi on nous a cachés ainsi, n'est-ce pas, jeune homme?

Brian acquiesça.

– C'est une très longue histoire, dit le roi Gaspard, mais je vais la raccourcir si nous ne voulons pas que la nuit s'achève avant que tu n'aies accompli ta mission.

Ma mission? s'étonna Brian sans interrompre la statue.

– S'il accepte, dit le roi Melchior.

– Bien sûr, bien sûr, trancha le roi Gaspard. Allons-y donc pour l'histoire : c'était, il y a vingt ans, sous le ministère de M. Naismith, l'ancien pasteur.

– Un homme bon, précisa le roi Melchior.

– Oui, il y en avait encore à l'époque. Et, naturellement, tu aurais trouvé qu'il était bon, toi aussi. Il s'était lié d'amitié avec Jabez Lignum, un homme que la plupart des habitants de Merchantville ignoraient. Jabez Lignum était un sculpteur habile et un ébéniste qui avait connu des jours meilleurs. Il n'était pas très respecté. Il avait dû emprunter de l'argent pour essayer de faire fonctionner sa petite entreprise et n'arrivait pas à rembourser sa dette. Ses outils ne valaient pas grand-chose; il lui restait sa maison. Une fois cette dernière saisie, il habita l'asile des pauvres pendant un certain temps, puis emménagea à l'église comme bedeau. D'ailleurs, il mourut ici. Un jour, on retrouva son corps au sous-sol. Son travail dépendait du bon vouloir de M. Naismith, puisque personne d'autre ne lui adressait la parole. Mais dès qu'il était question de le mettre à la porte, le pasteur prenait sa défense, faisant remarquer qu'il entretenait bien l'église et qu'il était assez habile pour faire les réparations qui s'imposaient. Jabez Lignum aimait s'occuper des travaux de menuiserie, des moulures et des sculptures de l'autel.

– Est-ce que c'est lui qui vous a emmurés derrière ces planches? demanda Brian.

– Certainement pas! S'il l'avait fait, tu n'aurais jamais réussi à les enlever aussi facilement. De plus, pourquoi aurait-il caché son propre travail?

En entendant cela, Brian demeura bouche bée, ce qui fit doucement rire Melchior.

– Oui, c'est lui qui nous a sculptés. Nous étions les premiers personnages de la crèche. Nous les entendions en parler, lui et M. Naismith.

Monsieur Lignum devait fabriquer une niche de rangement entre ces deux piliers, mais il voulait utiliser ce bois à autre chose. Il ne nous montra pas à M. Naismith avant de nous avoir terminés. Qu'aurait pu faire le pauvre homme? Monsieur Lignum me sculpta à l'image de M. Naismith. J'ai donc son visage, même s'il n'a jamais porté de couronne.

– Et moi, ajouta Gaspard, j'ai celui du sculpteur lui-même, Jabez Lignum. Monsieur Naismith était embarrassé de voir une statue de roi à son image. Mais il aima *beaucoup* l'idée du sculpteur lorsque ce dernier lui révéla qu'il voulait ainsi tailler et créer tous les personnages de la crèche, dit Melchior.

– Comme celle de la vitrine? demanda Brian.

– Oui, dit Gaspard, mais en beaucoup mieux. Une vraie crèche.

– Comment peux-tu savoir celo? lui demanda Melchior. As-tu déjà vu de telles vitrines?

– Monsieur Lignum en avait parlé.

– Est-ce qu'il vous parlait en vous fabriquant? demanda Brian.

Si ses statues lui avaient répondu, pensa-t-il, sa main aurait sûrement tremblé.

– Non, dit Gaspard, mais il se parlait à lui-même, comme cela arrive aux gens solitaires.

– Nous entendons souvent de telles personnes dans l'église, ajouta Melchior. Comme très peu de gens lui parlaient, M. Lignum pensait qu'on ne le remarquait pas. Aussi fut-il surpris du scandale que causèrent les autres sculptures de la crèche.

Puis, avant que Melchior ne puisse en dire davantage, Gaspard évoqua les autres statues. Il y avait eu la Sainte Famille – une Vierge, l'enfant Jésus et Joseph – deux bergers, des animaux, et les trois mages, Gaspard, Melchior et Balthazar.

– Où est Balthazar? demanda Brian.

– En face de la tabagie, répondit tristement Melchior.

– Tu vois, reprit vivement Gaspard, M. Lignum a pris un Indien comme modèle, un trappeur qui habitait une cabane en dehors de la ville et qui venait en ville pour y vendre ses fourrures. Le bon peuple de la ville proclamait qu'il buvait, ce qui était tout à fait faux. Mais comme il n'était pas en très bonne santé, il devait se reposer souvent, et il avait trouvé un endroit ensoleillé sur un banc du petit cimetière, à côté de l'église. Monsieur Lignum trouvait qu'il avait un visage noble et il décida de le prendre comme modèle pour créer Balthazar, qui était un roi noir très connu si l'on en croit certaines versions de l'histoire.

Brian se rappela qu'un des rois de la vitrine avait le teint café au lait et une allure humble, mais il décida de ne pas en parler. Melchior prit alors la parole.

— Les paroissiens n'approuvaient pas le fait de prendre un Indien comme modèle pour un des mages.

— Ce n'étaient pas leurs seules objections, ajouta Gaspard. Un des bergers était la reproduction d'un clochard que le sculpteur avait rencontré lors d'une de ses visites avec le pasteur auprès des prisonniers. Un autre était fait à l'image de l'éboueur, qui connaissait bien des secrets de cette ville. Tu peux imaginer ce que ressentaient les gens en le voyant les dévisager.

— Oui, fit tristement Melchior, et comme ils n'auraient jamais accueilli ces modèles vivants

dans l'église, ils ne voulaient sûrement pas les y voir en statues.

– Les statues qui soulevèrent le plus d'indignation furent celles de la Mère et de l'Enfant, dit Gaspard, tandis que son compagnon soupirait. C'est la femme de chambre d'une des familles les plus en vue qui inspira la statue de la mère. Cette jeune femme avait eu de petits problèmes et sa maîtresse, une dame des plus respectables, l'avait remerciée. Peu de temps après, la jeune femme avait accouché à ce qu'on appelait la «Maison des mauvaises filles», une maternité pour filles-mères. Par la suite, le pasteur fut le seul à lui adresser la parole et, lorsque M. Lignum choisit son bébé comme modèle, tout le monde se mit à chuchoter qu'*il* devait en être le père.

– Je pense que tu te trompes, dit Melchior. Est-ce que certains ne soupçonnaient pas celui qu'il avait pris comme modèle pour faire Joseph?

– Le maître d'école? Le libre penseur qui scandalisait le conseil scolaire en parlant d'évolution?

– Naturellement, ils ne renouvelèrent jamais son contrat après cela.

– Naturellement.

– Mais, aujourd'hui, où sont donc toutes ces statues? demanda soudain Brian.

Les deux rois restèrent silencieux, comme surpris par la question.

– Nous te disions qu'ils s'en sont débarrassés, dit finalement Gaspard. Ils les ont vendues pour trois fois rien.

– Comme je l'ai dit, Balthazar est parti à la tabagie, ajouta Melchior. Tu sais comme ils aiment les statues d'Indiens en face des tabagies. Ils ont donc recouvert sa couronne d'une coiffure à plumes. Nous avons entendu dire qu'on parlait de Balthazar dans une brochure de la Chambre de commerce.

– Et la Maison des mauvaises filles a pris la statue de la Vierge pour la mettre devant un berceau dans le hall d'entrée, dit Gaspard.

– Mais ce n'est pas notre berceau avec l'Enfant.

– Oh, non!

– Ces deux-là ont disparu, on ne sait trop comment, avant qu'on ne vienne les prendre, expliqua Melchior à Brian. Même M. Naismith ne savait pas où les trouver.

– Mais il a dû laisser partir les autres statues, dit Gaspard. Toutes sauf nous, puisque nous étions sculptés dans des piliers de soutien du mur. Le pauvre homme est ensuite tombé malade. Comme il était incapable de tenir tête à toute la paroisse, il les a laissés nous enfermer.

– Ils ont réussi à le miner.

– N'est-ce pas le Dr Grantly, cet homme si riche, qui a fait l'acquisition des autres statues d'hommes?

– C'est plutôt sa femme. C'était une artiste et elle pensait que les statues feraient de l'effet dans sa grande serre, avec leur visage couvert de plantes grimpantes.

– Qu'est-il arrivé aux animaux? demanda Brian. Les ânes et les autres, comme ceux que j'ai vus dans la vitrine?

– Monsieur Lignum a bien sculpté un âne, une vache et une chèvre, dit Gaspard, mais les paroissiens n'allaient tout de même pas les laisser traîner ici, non? Les gens auraient sûrement demandé : «Si vous avez les animaux dans l'étable, où sont les personnages?»

– Eh bien, les animaux sont partis eux aussi, expliqua Melchior. Même les petits animaux de la forêt. Il y avait un porc-épic, un castor et un hibou. Certains fidèles voulaient les garder, mais les autres firent remarquer que les castors faisaient tomber les arbres près de leurs maisons, sur le lac, que les porcs-épics faisaient des trous dans les murs de leurs chalets et que les hiboux les tenaient éveillés toute la nuit. Ils prétendirent que de tels animaux n'avaient pas leur place dans une église.

J'aimais pourtant tellement les regarder, ajouta-t-il en soupirant.

– Réjouis-toi, lui dit Gaspard. Nous allons bientôt les revoir, et pour longtemps, dès que notre jeune voleur aura fait son travail.

– Moi? demanda Brian.

Melchior semblait embarrassé.

– Mon compagnon est plutôt direct, mais c'est une bonne idée. Nous en parlions lorsque tu es allé chercher les outils.

– Tu dois faire le tour de la ville et retrouver les statues, ajouta Gaspard avec impatience.

– Moi? fit de nouveau Brian.

– On peut difficilement le faire *nous-mêmes*!

– Et, ajouta Melchior, si tu nous laisses seuls ici, ils ne tarderont pas à nous recouvrir de nouveau.

– Mais si toute la crèche est enfin réunie, déclara Gaspard, les paroissiens crieront au miracle et vendront même des billets pour qu'on vienne nous voir. De toute façon, aujourd'hui, qui se rappellera notre véritable identité?

– Et nous ne serons plus seuls, fit Melchior d'une voix si triste que Brian n'avait soudainement plus du tout envie de rire à l'idée d'aller voler un tas de statues en bois.

Il regarda les deux personnages de chaque côté de la niche, leurs têtes royales découvertes et leurs pieds encore cachés par les planches. C'est vrai qu'ils avaient l'air bien seuls ici!

– Mais où sont-ils? Comment vais-je les trouver? demanda-t-il.

Gaspard rit.

– Quel bon garçon tu es! lança Melchior. Il faudrait que tu récupères Balthazar en premier. La tabagie est située dans une petite rue près du centre de la ville. Le mendiant pourrait t'y conduire et, ensuite, te mener à tous les autres.

– Il le fera sûrement, approuva Gaspard, même s'il n'aime pas quitter l'église.

– Et puis rapporte les statues ici. Et n'oublie pas tes outils de voleur.

– Mes outils de voleur?

– Bien sûr! Les statues sont clouées ou boulonnées. Tu auras besoin de tes outils pour les libérer.

Puis les deux statues se turent, attendant le départ de Brian.

C'est aussi simple que cela? pensa Brian. Comment ces rois peuvent-ils être si sûrs de moi? S'ils pouvaient le suivre, ils n'auraient pas besoin de son aide. Il pourrait peut-être fuir et se cacher ailleurs dans l'église; il avait repéré quelques recoins au sous-sol où le mendiant n'aurait pas l'idée de venir le chercher. Trouver un abri à l'extérieur était inutile : l'église était déjà froide… qu'est-ce que ça devait être dehors? On lui demandait d'aider à retrouver les autres personnages, qui devaient avoir plus froid que ces deux-là ou que lui-même et être encore bien plus esseulés.

– Je cours chercher des outils, décida alors Brian.

❧ IV ❧

Brian trouva un ciseau, un gros tournevis et une clé rouillée dans l'armoire du sous-sol. Il entassa tous ses outils dans un vieux sac qui était rangé dans le banc et remonta l'escalier. Il vit alors le mendiant qui lui faisait signe de l'autre côté de l'autel. Brian le suivit par une petite porte. Ils empruntèrent un couloir jusqu'à une autre porte qui donnait sur la ruelle, à côté de l'église.

La rue était pratiquement vide et une neige légère tombait. Quelques hommes se hâtaient, tentant de se protéger du froid. Deux autres marchaient côte à côte en titubant, se tenant par les épaules. Brian et le mendiant aperçurent soudain Nestor, le camionneur, qui sortait d'une taverne et qui se dirigeait vers eux. Sans prendre la peine de s'arrêter, il lança une pièce de monnaie au mendiant, qui dut reculer de quelques pas pour l'attraper.

Il neigeait maintenant à gros flocons. Nestor n'avait pas encore tourné le coin de la rue qu'il ressemblait à un bonhomme de neige ambulant.

Le mendiant avançait d'un pas rapide, sans solliciter qui que ce soit, ombre dansante dans la lumière tamisée des vitrines.

Un policier battait la semelle de l'autre côté de la rue. Il observa attentivement le mendiant, puis jeta un coup d'œil à Brian avant de se remettre à vérifier si toutes les portes des boutiques étaient bien verrouillées.

Le mendiant obliquait maintenant dans une plus petite rue, bordée elle aussi de boutiques. À mi-chemin, se trouvait une tabagie flanquée d'une statue d'Indien portant une coiffure à plumes et tenant une boîte de cigares. Le mendiant posa la main sur l'épaule de l'Indien, puis traversa la rue et fit un signe de la tête à Brian.

Le gamin effleura d'abord doucement la statue, puis la secoua, mais elle ne bougea pas. Après avoir

dégagé la neige qui en recouvrait la base, il s'aperçut que les pieds nus de l'Indien étaient rivés dans un bloc de ciment.

Sans grand espoir, il plaça la clé autour d'un écrou et, à sa grande surprise, réussit à le faire jouer. Il s'attaqua ensuite aux autres écrous qui s'avérèrent tout aussi faciles à dévisser que le premier.

Voilà que la statue était libre maintenant! Serait-il capable de la soulever? se demanda-t-il avec inquiétude. Oui! Comment pouvait-elle être si légère... à moins qu'elle ne soit creuse... Sans trop réfléchir,

Brian lui donna un coup de clé. Un bruit sourd se fit entendre. Quelle idée! pensa-t-il, railleur, en se frappant la poitrine : une statue vide aurait fait un bruit creux. Il ne fallait quand même pas réveiller toute la rue! Il souleva la statue et la déposa sur le trottoir.

Comment la transporter jusqu'à l'église sans attirer l'attention? Brian chercha le mendiant des yeux, mais ce dernier descendait déjà la rue, plus loin, sans doute pour retourner à l'église par un chemin connu de lui seul. Brian regarda derrière lui et remarqua, tout près de la porte de la tabagie, un long traîneau rempli de journaux vers lequel il se dirigea dès que le policier disparut au coin de la rue.

Brian se tapit dans l'embrasure de la porte. Le policier suivait le mendiant, tout en faisant tourner son bâton à bout de bras. Le mendiant poursuivit son chemin, laissant une bonne distance entre le policier et lui.

C'est une chance qu'il surveille le mendiant, se dit Brian, sinon il aurait remarqué que la statue avait bougé. Le policier ne devrait plus revenir maintenant. Brian vida le traîneau, le tira dans la rue, souleva la statue et la coucha dessus. Les cigares glissèrent des mains de l'Indien et sa coiffure tomba, révélant une couronne de bois.

– Je vais vous transporter à l'église le plus vite possible, votre Majesté, dit Brian.

La statue ne répondit pas.

Comment pourrait-elle répondre? pensa Brian. Ce n'était, après tout, qu'un bloc de bois.

Mais alors, qu'avait-il à la traîner dans les rues comme ça? Il ne lui manquerait plus que le retour du policier. Que fais-tu ici avec cette statue, mon gars? lui demanderait-il. Je la ramène chez elle, monsieur l'agent. Chez elle, hein? Et qui te l'a demandé? Les autres statues, monsieur l'agent. (Il ne mentionnerait pas le mendiant, qui n'avait encore rien *dit*; le policier serait bien trop satisfait de l'épingler! Il n'était pas question de lui procurer un tel plaisir!) D'autres statues, dis-tu? Et où sont-elles? Dans l'église? Allons voir! (J'ai juste décloué quelques planches, se rappela Brian.) Et que caches-tu dans ton sac? Ne seraient-ce pas des outils de voleur par hasard?

Ils en auraient long à se raconter au bureau de Toronto!

– Pour sûr, dit Brian à haute voix à la statue, vous ferez mieux de parler lorsque vous serez à l'intérieur!

La statue demeura muette. Tout en restant dans l'ombre, Brian tira le traîneau le long de la rue. La

45

neige avait cessé de tomber et la lune brillait. L'air semblait plus froid. Brian ne cessait de tourner la tête pour s'assurer que le policier ne le suivait pas. Soudain, le mendiant apparut devant lui. Il était tout seul. Il s'engouffra dans une ruelle à côté d'un magasin de fourrures. Brian le suivit avec son traîneau. Le mendiant était déjà arrivé au bout de la ruelle et prenait une nouvelle direction. Brian fit glisser le traîneau à travers de petites rues sinueuses qui semblaient le ramener à l'église.

Mais le mendiant se dirigeait ailleurs. Sur un coin, entourée de maisons protégées de hautes clôtures, se dressait une grosse maison carrée de trois étages. Sur sa façade, une humble enseigne indiquait «Refuge de femmes Matilda Tupper».

Ce doit être la Maison des mauvaises filles, pensa Brian. Le mendiant se trouvait déjà sur la large véranda, épiant à l'intérieur par une fenêtre fortement éclairée. Brian cacha le traîneau entre deux buissons et le rejoignit.

À l'intérieur, une femme corpulente portant une coiffe d'infirmière était assise à un bureau. Dans un coin, partiellement cachée par un arbre de Noël tout sec, se dressait la statue d'une femme agenouillée, penchée au-dessus d'un berceau où reposait une poupée rose et souriante, qui n'était sûrement pas l'œuvre de M. Lignum.

Le mendiant s'accroupit, rampa sous la fenêtre suivante et devant une porte, jusqu'à la dernière fenêtre de la véranda. Puis il se leva subitement, tapa dans la vitre et tendit les mains d'un geste implorant. Surprise, la femme leva les yeux puis, perplexe, s'approcha de la fenêtre en secouant la tête. Le mendiant marchait de long en large, disparaissant dans l'ombre pour réapparaître ensuite. La femme, qui faisait bien deux fois le poids du mendiant, s'empara alors d'une canne et ouvrit la porte toute grande.

– Eh, vous! Qu'est-ce que vous voulez? cria-t-elle. Il n'y a rien pour vous ici!

Brian s'accroupit près de la porte. Le mendiant recula dans les buissons, bien loin du roi Balthazar. La femme le suivit aussitôt, claquant la porte derrière elle. Elle frappait sur les bouquets d'arbrisseaux à grands coups de canne tandis que le mendiant passait de l'un à l'autre.

Brian ouvrit alors la porte et se glissa à l'intérieur de la maison. Si la statue était fixée au plancher, se dit-il, il n'aurait pas le temps de la libérer. Heureusement pour lui, elle était simplement déposée sur une plate-forme à roulettes et facile à soulever. Il la transporta à l'extérieur et aperçut la matrone, au coin de la rue, qui agitait sa canne en direction du mendiant, debout en face d'elle, et qui jetait en l'air des poignées de neige.

– Allez-vous-en, espèce de fou! cria la femme. Sinon, je vais appeler la police!

Le mendiant recula très lentement; Brian tira son traîneau chargé des deux statues à travers les buissons de la cour, puis s'éloigna dans la rue transversale.

Il pouvait apercevoir le clocher de l'église au-dessus des toits. Bientôt, il déboucha sur une courte ruelle conduisant à celle qui bordait un des côtés du bâtiment. Un doigt sur les lèvres pour lui commander le silence, le mendiant l'attendait de côté de la porte. Il hochait la tête en observant Brian qui approchait avec son traîneau. Pourquoi me regarde-t-il ainsi? se demanda Brian qui se rappelait avoir vu un homme dans cette même position devant la vitrine d'une galerie d'art, à Londres. L'homme semblait alors se demander s'il devait ajouter une autre œuvre à sa collection. Le mendiant se secoua, puis entra dans l'église.

– Est-ce que je verrai mon bébé? demanda une douce voix de femme dans le traîneau. L'avez-vous vu?

– Non, Madame, fit une voix grave. Nous avons tous été séparés les uns des autres.

– Et *toi*, petit, l'as-tu vu? demanda la voix de femme à Brian.

– Non, m'dame, dit-il, puis, après un long silence, il ajouta : mais peut-être qu'ils savent où il est, ici, dans l'église?

Il espérait que quelqu'un le sache.

– Dépêche-toi! fit la voix. Emmène-moi là-bas!

Brian tira le traîneau jusqu'à la porte de l'église. Il transporta ensuite les statues à l'intérieur, les laissant dans le couloir pendant qu'il s'assurait que la voie était libre.

Entré avant lui, le mendiant était installé sur la balustrade de la galerie, balançant ses pieds dans le vide. Les statues se mirent aussitôt à parler.

– Les as-tu trouvés? demanda Melchior.

– Bien entendu qu'il les a trouvés, dit Gaspard. Monsieur Lignum ne l'aurait sûrement pas trompé.

– Monsieur Lignum! s'exclama Brian.

– Et qui était ton guide, selon toi? demanda Gaspard.

– Vous parlez du mendiant!

– Quelquefois mendiant, en effet.

– Tu vois, ajouta Melchior, plus gentiment, son

âme reste attachée à cet endroit même s'il déteste la ville. Et il aime ses œuvres plus que tout; comment pourrait-il les abandonner?

Ça alors! pensa Brian, j'ai suivi ce fantôme à travers les rues de la ville! Il frissonna, mais il se rendit compte que c'était plutôt de froid que de peur. Si des statues pouvaient parler, alors pourquoi un fantôme ne pourrait-il le faire? Je dois être devenu fou! pensa-t-il. Savait-il seulement où il se trouvait?

Il regarda de nouveau autour de lui et ses yeux se fixèrent sur le mince visage barbu de Gaspard. Mais oui! Il aurait dû le remarquer avant : Gaspard et le mendiant avaient le même visage.

– Pourquoi revient-il sous la forme d'un mendiant? chuchota-t-il.

– Il ne prend cette forme que la veille de Noël, fit Gaspard en riant. Pour glacer les cœurs des gens qui l'ont rejeté.

– On dit pourtant que l'on prend plus plaisir à donner qu'à recevoir, dit Melchior.

– Pourquoi ne lui avez-vous pas demandé de transporter les statues?

– Ce n'est pas son travail, coupa Gaspard.

– C'était un homme très particulier, expliqua Melchior. Après avoir trouvé le bois dont nous sommes faits, il avait insisté pour que quelqu'un d'autre l'apporte à l'église. Il disait être artiste, pas bûcheron.

– Monsieur Naismith se prêtait à tous ses caprices, ajouta Gaspard.

– Mais, c'est du passé, continua Melchior. Maintenant, il expie pour son orgueil. Plus qu'il ne le souhaiterait peut-être. On ne lui permettrait même pas de transporter des statues ou du bois de l'extérieur. Tout ce qu'il a à faire – et qu'il *doit* faire – c'est de veiller au bon état de l'église, surtout là où personne n'a accès. Nous entendons les gens parler de moulures qui sont par terre un jour et à leur place le lendemain. Ils n'ont aucune idée de ce qui se passe, mais nous, nous savons.

– Pour un sculpteur comme lui, c'est un travail médiocre en attendant qu'on lui donne mieux à faire, expliqua Gaspard.

Il peut au moins rester à l'intérieur, pensa Brian. Personne ne le force à sortir dehors dans la neige. Mais, que pouvait bien être ce grondement? Était-ce le sculpteur qui lui faisait savoir qu'il pouvait lire dans ses pensées? Non, c'était son estomac qui se plaignait. Brian sortit le sac de papier de sa poche et se mit à grignoter le dernier gâteau qui lui restait. Soudain, il se rappela quelque chose.

– Où est le bébé? La dame veut le retrouver!

Les deux statues restèrent silencieuses.

– Bonne question, dit finalement Gaspard. Il peut se trouver n'importe où, dans n'importe quel tas de bois, s'ils ne l'ont pas déjà brûlé.

– C'est impossible, dit le roi Melchior. Notre existence ici n'aurait plus aucun sens. Pardon?

Le mendiant, en qui Brian n'avait pas encore l'habitude de voir M. Lignum, venait de descendre les marches de la galerie et chuchotait quelque chose à l'oreille du roi Melchior.

– Tu devrais emmener Balthazar ici, dit le roi. Monsieur Lignum veut nous voir tous les trois réunis de nouveau.

Brian revint dans le couloir et installa confortablement la statue de la femme en l'appuyant contre le mur. Il la sentait légère et vide, tout comme lui. Rapidement, avant qu'elle ne puisse lui poser d'autres questions, il transporta la statue du troisième roi et la déposa près de la niche.

– Me voilà donc revenu à l'intérieur, commenta Balthazar. Étais-je vraiment fait pour ça? Pourquoi ne pas m'avoir laissé dormir à la belle étoile d'où j'aurais pu observer la danse des astres?

– Ton univers est ici, dans l'église, lui dit doucement Melchior.

– Aurais-tu donc trouvé la compagnie des humains si agréable? demanda Gaspard.

– Non, bien sûr, admit Balthazar.

– Alors, ne te plains pas.

Brian essayait de faire dégeler ses orteils à la chaleur d'une bouche d'aération. Il souhaitait que les rois et le mendiant ne le renvoient pas dehors de sitôt. Maintenant qu'ils étaient de nouveau réunis, ne pouvaient-ils pas tout simplement l'oublier? Peut-être qu'il pourrait même retourner se coucher.

Mais Gaspard toussota.

– Il faut maintenant trouver l'Enfant, annonça-t-il.

– Oh! Ça devrait être facile, lança Balthazar. N'importe quel bon chasseur peut le retrouver.

Quelle aide! pensa Brian.

Monsieur Lignum se pencha pour regarder les trous dans les pieds de Balthazar. Ses yeux brillèrent de fureur lorsqu'il lut les initiales gravées sur les jambes et sur les épaules du roi.

Brian pensa alors à la dame, dans l'entrée, et fit appel à tout son courage pour demander au mendiant :

– Savez-vous où se trouve le bébé de la dame, monsieur?

Un sourire malicieux aux lèvres, le mendiant hocha la tête et se pencha pour parler à l'oreille de Balthazar.

– Sous l'étoile, expliqua Balthazar comme si c'était tout simple. Tu le trouveras, le moment venu, sous une étoile. Mais tu as autre chose à faire pour l'instant.

– Est-ce M. Lignum qui a dit ça? Pourquoi ne me parle-t-il pas à *moi*?

– C'est mieux pour toi qu'il ne le fasse pas! coupa Melchior. Habituellement, il ne parle qu'aux siens. Tu vois, mon garçon, ajouta-t-il d'une voix plus douce, notre créateur s'est expliqué lorsque tu étais dans le couloir. Nous ne pouvons partir à la recherche de l'Enfant comme nos homonymes l'ont fait. Ceux-ci ont accompli un dur périple, à travers des montagnes aux pics enneigés et des villes froides et hostiles… un peu comme celle-ci. Monsieur Lignum demande pourquoi, *toi*, tu devrais avoir tant de facilité maintenant? Tu es toujours un étranger, pas vraiment l'un d'entre nous. Si tu regardes bien, tu trouveras l'Enfant lorsque le temps sera venu. Tu ferais mieux de suivre M. Lignum à présent.

Le mendiant avait traversé l'église et lui faisait

signe de le suivre dehors. Brian lui emboîta le pas, remâchant les mots «l'un d'entre nous». Que voulait-il dire par là? Qui pouvait souhaiter être l'un d'entre eux?

Lorsqu'il s'arrêta dans le couloir pour reprendre son traîneau, la statue de femme parla de nouveau.

– Mon enfant est-il là?

– Non, m'dame, pas encore. Mais ils ont dit que je le ce trouverai. Ils ont dit qu'il était sous une étoile.

– Qui a dit ça?

– Monsieur Lignum – c'est le mendiant – qui l'a dit au roi Balthazar, celui que je viens d'emmener ici, et qui me l'a dit à son tour.

La femme soupira.

– Monsieur Lignum n'a jamais été sérieux et je vois qu'il n'a pas changé. Mais tu vas le retrouver mon bébé, dis?

– Oui, m'dame. Mais il faut que je parte. Il m'attend.

– Oui, pars! lui dit-elle.

Impatient, le mendiant l'attendait au bout de la ruelle. Dès que Brian ouvrit la porte de l'église, il se mit en route sans tenter de se cacher. Brian dut courir derrière lui, tirant le traîneau vide qui lui semblait plus lourd qu'auparavant. Je devrais être capable de suivre ce vieillard, pensa-t-il. Je

m'affaiblis ou quoi? Il avait beau tirer plus fort sur le traîneau, il réussissait tout juste à ne pas perdre le mendiant de vue.

Ils enfilèrent de petites rues, puis une plus longue, jusqu'aux limites de la ville. Brian chercha les étoiles des yeux et fut soulagé de voir que les nuages lui cachaient le firmament.Une lueur brillante éclairait le ciel. Non : en approchant, il vit que c'était une ampoule électrique sur le silo d'une ferme laitière.

La statue d'une vache était fixée sur un panneau près de l'allée menant à la ferme. De l'autre côté du chemin, se dressait un âne en bois; un autre panneau cloué sur son flanc désignait d'une flèche un magasin de céréales fourragères. Dans un jardin voisin, la statue d'une chèvre rouge vif était ensevelie sous la neige entre des buissons tout blancs.

Dès qu'il vit ces animaux, le mendiant rebroussa chemin avec impatience, laissant Brian les récupérer. Bien entendu, pensait tristement Brian, il doit retrouver les autres. Il ne pourra pas m'aider à me cacher si quelqu'un me surprend. Mais personne ne vint. Les maisons semblaient dormir. Aux fenêtres, quelques bougies de Noël faisaient des cercles de lumière sur la neige. Brian retira les vis qui maintenaient la vache en place.

Elles laissèrent de profondes marques dans ses pattes et son côté avait été perforé par des balles, là où on avait grossièrement dessiné une cible. Une des cornes manquait, probablement ensevelie sous la neige.

En dévissant le panneau sur le flanc de l'âne, Brian se gela les mains encore plus. Les sabots de la chèvre étaient pris dans la glace et il dut en abandonner un derrière lui.

Ils seront sûrement heureux de se mettre à l'abri du froid, pensa Brian. *Lui* le serait, en tout cas. Le vent glacial le transperçait. Il fallait vite qu'il se mette à l'abri! Il partit en courant, le traîneau tressautant derrière lui. Mais en arrivant dans la dernière ruelle, il s'arrêta si subitement que le traîneau le frappa par derrière et qu'il tomba à genoux. Ses yeux se fermaient malgré lui; il aurait tant aimé s'allonger dans la neige. Il se rappela alors pourquoi il s'était arrêté, et s'accroupit dans un coin.

Le policier s'éloignait dans la ruelle, vérifiant toujours si les portes devant lesquelles il passait étaient bien verrouillées. Brian retint son souffle quand l'homme avança la main vers la porte de l'église. Que ferait ce dernier lorsqu'il s'apercevrait qu'elle était ouverte?

Mais le policier tourna la poignée et tira : la

porte ne bougea pas! Il s'éloigna ensuite le long de la ruelle et disparut.

Il ne manquait plus que ça! pensa Brian, nous voilà maintenant prisonniers à l'extérieur. Aurait-il le courage de frapper à la porte? Il souhaitait que M. Lignum obtienne de qui que ce soit la permission de lui ouvrir. Il aimait mieux avoir affaire à un fantôme qu'à ce froid intense. Il tourna la poignée de la porte qui s'ouvrit aisément… sur un seuil vide. Peut-être ne s'ouvrait-elle que pour le sculpteur et ceux qui travaillaient pour lui?

Brian n'eut pas le temps de se poser davantage de questions. La statue de la dame s'adressa à lui dès qu'il eut tiré le traîneau dans le couloir.

– L'as-tu trouvé?

Non, mais ils vous ont presque trouvée, *vous*, pensa Brian en agitant les bras et en se frappant la poitrine pour tenter de se réchauffer.

– Pas encore, m'dame, répondit-il finalement. Il a fallu ramener les animaux.

– Ah, oui! les animaux de la ferme. Je me rappelle que je les entendais respirer et se parler dans leur propre langue. Es-tu déjà entré dans une grange?

– Non, m'dame; dans des écuries, parfois, pour aider les cochers.

Il se rappelait qu'ils l'avaient laissé brosser les

chevaux en sueur et qu'ils lui avaient ensuite offert du cidre et des saucisses.

– Tu me sembles bien jeune, dit la dame. Ne devrais-tu pas être chez toi?

Chez moi? pensa Brian. Il se rappela son père à Londres, avec sa deuxième femme et ses trois enfants. Non, il n'y aurait pas eu de place pour lui là-bas.

– Penses-tu que ta famille te cherche? reprit la dame.

– Non, m'dame, ils ne me cherchent pas. Ils m'ont placé dans un orphelinat.

– Un orphelinat! Est-ce que ça ressemblait au Refuge où on me gardait? Y avait-il autant de bébés?

– C'étaient plutôt des enfants de mon âge.

– Non, dit la dame, nous n'en avions pas d'aussi grands que toi. Les mères les reprenaient ou des couples charitables les adoptaient; ou encore, lorsque personne n'en voulait, on les envoyait à l'orphelinat du district. À l'exception de ce garçon. Sa mère cuisinait si bien qu'ils ont fini par la garder et son fils a grandi au Refuge.

– Habite-t-il toujours là-bas? demanda Brian.

Qu'est-ce que ce garçon dirait quand il s'apercevrait de la disparition de la statue de la dame?

– Plus maintenant, dit la dame. Il s'est rendu utile en sortant les ordures et en lavant les planchers. Il m'époussetait aussi, même si cela ne faisait pas partie de ses tâches. J'adorais l'entendre chanter pendant qu'il travaillait. Mais je te retiens, ajouta-t-elle avant que Brian ne puisse dire un mot. Tu dois rentrer les animaux pour qu'ils se préparent. Ensuite, tu pourras aller chercher le berceau.

Monsieur Lignum regarda à peine Brian qui transportait les statues dans l'église. Débarrassé de sa grande cape, le sculpteur réparait une fissure dans le flanc de Balthazar. De quoi se servait-il? De ce petit bois empilé à côté de lui? Mais Brian n'eut pas le temps de le découvrir.

Monsieur Lignum accepta les nouvelles statues sans un mot et fit signe qu'il fallait repartir. Brian s'arrêta à nouveau près de la bouche d'aération pour se réchauffer. Il savait bien qu'ils ne le laisseraient pas dormir maintenant, mais le travail achevait. Il ne pouvait quand même pas y avoir *tant* d'autres statues. Auraient-ils encore besoin de lui lorsqu'il aurait rapporté toutes les statues ou lui demanderaient-ils de partir?

– Où voulez-vous que j'aille maintenant? demanda-t-il au sculpteur.

Monsieur Lignum détourna un instant son

attention des animaux blessés pour lui lancer un regard furieux. Puis il chuchota à l'oreille du roi Melchior, qui traduisit pour Brian.

– Tu dois te rendre chez le Dr Grantly. Mais dépêche-toi, le jour va bientôt se lever.

– Mais où est-ce? demanda Brian.

– La plus grosse maison en ville, dit soudain le roi Balthazar. Sur la colline, derrière l'église. Je pouvais la voir de mon poste. Le Dr Grantly achetait ses cigares chez moi et frottait toujours une allumette sur mon épaule pour en allumer un avant de repartir.

– Il ne le refera plus jamais, commenta le roi Gaspard. Mais tu connais maintenant la direction, mon petit voleur. Ne perds plus de temps sinon tu entendras le coq chanter.

Le chemin qui montait la colline était plus facile à gravir que Brian ne l'avait cru. Il se sentait léger et vide, comme prêt à s'envoler. Il reconnut immédiatement la maison du Dr Grantly, la seule à étinceler sous ses guirlandes d'ampoules électriques. Des étoiles de verre illuminaient les lucarnes et le haut de chaque cheminée. Est-ce que le berceau se trouvait sous l'une de ces étoiles? Si oui, sous laquelle? Sous celles du toit ou sous celles qui garnissaient le sol gelé? Comment pourrait-il jamais l'atteindre? Brian sentit son courage faillir, mais il avait mieux à faire pour le moment.

C'est un véritable défi que de cambrioler la maison la plus riche en ville, pensa-t-il! Il était loin des simples vols de bonbons dans les charrettes à bras de Londres. Comment s'était-il laissé embarquer dans une telle aventure? Mais il continua, cherchant un moyen de pénétrer dans la grosse maison.

La musique résonnait de l'autre côté des doubles fenêtres. La salle de bal, qui occupait toute une aile de la maison, était remplie de couples qui tournaient. À une extrémité, une porte menait à la cuisine et, de là, une serre s'avançait dans un bosquet d'épinettes enneigées. Brian tira son traîneau entre les arbres sombres. La porte de la serre était légèrement entrebâillée. Il s'avança, puis recula vivement derrière les branches : la porte de la serre venait de s'ouvrir. Un homme et une femme tout endimanchés apparurent, main dans la main. L'homme pointa les étoiles du doigt, puis le sentier entre les arbres… celui où Brian avait caché son traîneau! La jeune femme suivit poliment des yeux le geste de son compagnon. Puis, elle regarda sa longue robe blanche, frissonna et tira son compagnon à l'intérieur de la serre jusque dans la cuisine. Ils pouffèrent de rire en voyant le cuisinier endormi, se faufilèrent derrière deux servantes qui transportaient des plateaux et entrèrent dans la salle de bal. Brian vit la jeune femme qui décrivait, avec force gestes, le froid qu'il faisait. Tous les danseurs se mirent à rire; personne ne semblait intéressé à se risquer là.

S'ils pouvaient seulement rester loin de la serre, pensa Brian en s'y glissant. Il se vit subitement entouré d'étranges plantes tropicales. L'air humide sentait la terre. Il entendit l'appel d'un oiseau inconnu. Dans la serre? se demanda-t-il.

– Tu ne trouveras rien ici, fit une voix distinguée, mais il y a d'excellentes tartes à la crème qui refroidissent sur le rebord de la fenêtre.

Brian se tourna d'un bloc et vit la statue d'un homme qui se dressait entre deux plates-bandes, son visage barbu recouvert de plantes grimpantes. Deux autres statues emmitouflées dans les feuilles, houlette de berger à la main, se tenaient entre des pots de rosiers bien taillés.

Celui qui a parlé doit être saint Joseph, pensa Brian. Il avait enlevé ses mitaines et la clé lui gela les doigts lorsqu'il se pencha pour défaire les boulons, à la base de la statue. Avant de la soulever, il dut cependant en détacher les plantes rampantes.

– Je te remercie, chuchota la statue, même si je suis désolé d'abandonner ce climat tropical. À vrai dire, je crois avoir observé l'évolution d'une espèce d'insectes.

– Ne te plains pas.

La voix étouffée venait du feuillage qui recouvrait le visage de l'un des bergers.

– Nous retournons tous chez nous.

– Et il est temps, dit la statue du deuxième berger. J'ai entendu qu'ils parlaient de nous couvrir d'étoiles électriques, comme celles qu'ils ont mises sur le toit l'an dernier.

L'an dernier! Quel soulagement! pensa Brian. Les étoiles ne pouvaient donc pas être là lorsque M. Lignum avait caché le berceau. Cela faciliterait grandement sa tâche.

Dans la cuisine, le chef s'était réveillé et expédiait les plats les uns après les autres sur la longue table dressée dans la salle de bal. D'un bout de la serre, Brian observa les convives. Regardez-les s'empiffrer! pensa-t-il. Au moins, ça les retiendrait dans la salle de bal. Mais il avait faim lui aussi! Il avait même oublié à quel point il avait faim. Il coupa des morceaux de tarte à la crème avec la pointe de son tournevis et les dévora tout en détachant les plantes des autres personnages. Il transporta ensuite les trois statues dans le traîneau caché sous les arbres. En soulevant le deuxième berger, il l'entendit dire :

– N'oublie pas les autres.

Quels autres? Il ne restait plus grand place sur le traîneau. Un bout de corde reliait ces trois-là. De retour à la serre, il aperçut un castor et un porc-épic qui avaient été, sans aucun doute, sculptés par la même personne. Il les descendit de leur socle de pierre parmi les rosiers et les hortensias, puis grimpa à une échelle pour aller délivrer le hibou suspendu au-dessus d'un hévéa. D'en haut, Brian embrassait des yeux toute la salle de bal, mais personne ne le vit.

Le traîneau chargé était plus lourd que Brian ne l'aurait cru. Il rassembla toutes ses forces et tira des deux mains pour le sortir du boisé. Il lui fut plus facile de descendre la colline, bien qu'il dut travailler fort pour retenir le traîneau dans les tournants du long chemin tortueux. Devrait-il se reposer un peu plus? Non, il n'en avait pas le temps.

Il n'en était plus qu'à un pâté de maisons de l'église. Les phares d'un camion se rapprochèrent. Le cherchait-on? Où pourrait-il se cacher? Il regarda derrière lui; la neige avait recouvert ses

statues qui pouvaient ressembler à un tas de bois de chauffage. Il était de toute façon trop fatigué pour réfléchir; il ne pensait qu'à traîner derrière lui son lourd chargement.

Le camion s'arrêta et le conducteur klaxonna doucement. Nestor ouvrit la portière du passager; c'était l'occasion pour Brian de monter à bord s'il le voulait et de s'abriter ailleurs que dans une église parmi des statues qui parlent. Mais ceux qui se trouvaient dans le traîneau attendaient que Brian les conduise chez eux avant l'aube. Brian salua Nestor de la main, mais continua à tirer le traîneau dans la ruelle. Le camionneur secoua la tête en souriant tristement, referma la portière, puis s'éloigna.

❧ V ❧

– L'as-tu trouvé? questionna la mère.

– Non, m'dame. Il y avait bien des étoiles dans la grosse maison, mais je savais qu'il ne pouvait pas être là.

– Bien sûr que non! Il doit être dans sa propre demeure. Mène-moi là. Tu dois être très fort pour me transporter aussi aisément, ajouta-t-elle après un moment. Le jardinier du Refuge, un gros homme, parvenait à peine à me soulever.

– Vous n'êtes pas lourde, m'dame, lui assura Brian. Aucun de vous ne l'est.

– Nous te semblons légers, expliqua la dame. Pour le jardinier, je n'étais qu'un bout de bois. Un jour, le fils de la cuisinière fut effrayé de la facilité avec laquelle il me souleva pour mieux épousseter ma jupe. J'ai bien failli décider de lui parler cette fois-là. Maintenant, pour la première fois depuis qu'on m'a volée, j'ai l'impression que je pourrais marcher toute seule.

Brian l'installa près de la niche, à côté de la statue du roi Balthazar.

– Voyez-vous mon étoile, maintenant? chuchota-t-elle.

– Oui, dit Gaspard d'un ton cassant. Tu sais que tu dois chercher sous une étoile. Pourquoi ne l'as-tu pas encore fait?

– Sous une *seule* étoile? gémit Brian en regardant autour delui. Mais il y en a partout!

Il est vrai que l'église avait été décorée pour Noël avec des anges découpés, des houlettes de bergers et des étoiles en papier d'argent qui pendaient devant les fenêtres de verre dépoli et se balançaient aux poutres du plafond et aux tuyaux de l'orgue. Une fenêtre ouverte découvrait un ciel clair, constellé d'étoiles. On aurait dit que celles de l'église brillaient et dansaient elles aussi dans le vent froid. Le mendiant se tenait près de la fenêtre, très largement ouverte pour qu'on voie bien les étoiles.

– Mince alors! s'écria Brian. Regardez ça!

Laquelle était son étoile? Il y en avait au moins un million dans le ciel. Elles pâlissaient lentement; le jour était sur le point de se lever. Il était inutile de chercher davantage au-dehors. Dans l'église, les étoiles avaient été accrochées ici et là pour la période des fêtes. L'une d'entre elles pouvait-elle déjà être là quand le berceau avait été caché? Brian descendit la grande allée, scrutant désespérément chacune d'elles.

Elles commençaient à scintiller devant ses yeux, tout comme celles du firmament. Il se sentit alors pris de vertige; ses yeux se fermaient, luttant contre le sommeil. Depuis quand n'avait-il pas dormi?

Brian revint devant la niche avec sa pile de chaudes capes qu'il avait quittées depuis si longtemps. Pourquoi ne pas se reposer quelques minutes? Qui pourrait l'en empêcher?

C'est alors qu'un léger bruit, dans les tuyaux de l'orgue, se fit entendre. Le mendiant était retourné dans la galerie. Pourquoi jouait-il de la musique? Les vibrations firent trembler toutes les étoiles, toutes, sauf la grosse, tout au centre.

Pourquoi? se demanda Brian en secouant la tête. Il s'approcha. Oh! Elle était fixée au mur, sous les tuyaux, juste au-dessus de la niche. Brian monta sur le banc et vit que l'étoile était en bois peint argent comme le reste, mais fermement clouée au mur. C'est le sculpteur qui devait l'avoir plantée là.

Aucun des rois ne dit un mot, comme s'ils étaient conscients de sa quête. Comment devait-il chercher sous cette étoile maintenant? Il fit courir ses mains le long du mur jusqu'à la pile de capes. Il ne trouva rien. Il tâta le dessus du banc. Ses doigts sentirent un renflement sur le devant. Cela se soulevait-il? Il jeta les capes par terre, s'agenouilla dessus et souleva le couvercle. Oui, il était articulé à l'arrière et formait une sorte de coffre à rangement!

Mais c'était plein de vieux livres de cantiques aux reliures rouges craquelées. Brian passa sa main entre les livres, tournant sa tête pour éviter l'odeur de moisi qui s'en dégageait. Il atteignit enfin le fond du coffre et toucha une autre planche.

– Il n'est pas là, annonça-t-il aux rois. J'ai regardé sous l'étoile, mais il n'y a que des livres.

– Oh! s'écria doucement la dame.

– As-tu vraiment regardé partout? demanda Gaspard.

– Mais oui! Jusqu'au fond.

Brian continua de chercher. Le compartiment se prolongeait-il? Il y plongea le bras de nouveau, entre les livres, plus profondément cette fois-ci. Curieusement, le bois était chaud. Il pourrait peut-être s'y recroqueviller et s'enfouir sous les capes.

Mais en retirant son bras, il en compara la longueur avec la hauteur du banc.

– Non, marmonna-t-il, ça ne va pas jusqu'au plancher.

Il devait y avoir un autre espace sous les planches du fond. Brian dormirait dès qu'il aurait trouvé. Devrait-il retirer les planches? Il commença par enlever quelques livres, puis fit courir son doigt le long d'un côté. Les planches semblaient bien serrées, sans aucun joint. Et ça, qu'est-ce que c'était? La tête d'une vis enfoncée dans un coin. Il explora vite l'autre côté et sentit alors une deuxième tête de vis.

Brian enleva tous les livres, le nez chatouillé

par la poussière. Grâce à son tournevis, il réussit, en tâtonnant, à desserrer les vis. Il dut encore donner un peu de jeu avec son ciseau pour que le fond du coffre bouge enfin. Les doigts glissés sous le bord, Brian souleva le fond. Le visage souriant d'un enfant le regardait, ses petites mains tendues.

– Oui! chuchota la mère.

L'enfant répondit par un gazouillis.

Brian déplaça la grosse planche et s'empara du berceau. Il n'était pas aussi léger que les statues, mais il réussit à le sortir du coffre.

Il l'installa devant la statue de la mère. Ni elle ni l'enfant n'émirent un son. Attendaient-ils qu'il s'en aille? Les rois étaient silencieux, eux aussi. Ils ne veulent pas d'étrangers ici, pensa Brian.

Mais il se sentait maintenant tout à fait réveillé. Il avait encore beaucoup de travail à faire avant le lever du jour. Il retourna à son traîneau, dans le couloir, et transporta une à une les statues des hommes et des animaux après les avoir bien essuyées. Il installa saint Joseph derrière le berceau et les bergers devant, là où ils pouvaient regarder l'Enfant. Les animaux de la forêt trouvèrent leur place dans les coins, et Brian suspendit le hibou à un tuyau de l'orgue par le crochet qu'il portait toujours enfoncé dans son dos.

Monsieur Lignum était bien affairé lui aussi : il avait réparé la vache et l'âne qui se trouvaient à côté du berceau. Les trous qu'ils avaient dans leur tête et sur leurs côtés avaient disparu. La vache arborait une nouvelle corne et la chèvre n'était plus tachée de rouge. Aucune trace de grattage ou de ponçage n'était visible. Pendant que Brian le surveillait, M. Lignum avait remplacé le sabot de cette dernière par un autre tout neuf qu'il avait dû sculpter dans un bout de bois; le sabot tenait en place, sans qu'on voie aucune marque.

– Comment avez-vous fait ça? demanda Brian.

– Quoi «ça»?

Brian fut étonné d'entendre enfin le sculpteur lui parler. Mais quelle voix étrange il avait. Pas comme celle de Gaspard à qui il ressemblait tant. C'était plutôt un chuchotement sec qui remplissait encore l'église. Pendant un moment, Brian eut la tête vide.

Mais il y avait tant de questions à poser : comment M. Lignum avait-il bouché les trous sans que rien ne paraisse, comment avait-il fabriqué un sabot de chèvre si rapidement, pourquoi avait-il décidé de lui parler? Brian avala lentement et dit :

– Comment avez-vous réussi à faire parler les statues?

– Veux-tu vraiment le savoir? demanda le sculpteur en lui faisant un clin d'œil.

– Oui, je le veux. Enfin, je pense que oui.

– Oui, il te faut en être bien sûr.

– Et si je ne le suis pas? demanda Brian.

– Ne me fais pas marcher. Je ne peux pas te l'expliquer, mais je peux te le montrer si tu veux réellement le savoir. Tu peux apprendre des tas de choses, des choses auxquelles tu n'aurais jamais songé. Ou bien, tu peux aller te coucher dans le bureau du pasteur, derrière cette porte, là-bas, et partir au petit matin. Et tu peux même quitter l'église les mains pleines : le pasteur cache de l'argent sous les recueils invendus de ses sermons. Comme tu es déjà un voleur, tu peux prendre cet argent. Tu seras parti depuis longtemps avant que quelqu'un s'en aperçoive. Ils soupçonneront le mendiant qui traîne près de l'église, mais ils ne sont pas près de le revoir.

Pendant qu'il parlait, le sculpteur avait mis la chèvre à sa place près du berceau.

– Et tu n'as pas à t'inquiéter, ajouta-t-il. Tes amis ne seront plus jamais seuls; les paroissiens ne les vendront jamais après leur apparition magique, le matin de Noël! Et pense à toutes les histoires que nous échangerons la nuit : ce qui se passe dans les rues et dans les maisons, ce qui arrive dans l'église, ce que les paroissiens racontent et ce qu'ils pensent.

Le sculpteur mesurait Brian des yeux, évaluant ses proportions, notant la façon dont la lumière tombait sur ses traits.

— Tu peux rester ici et apprendre comment je fais mon travail.

Brian ne répondit pas. Après tout ce qu'il avait fait, allait-il partir sans comprendre ce qui se passait vraiment? Jamais de la vie!

— Attention, mon garçon! murmura le roi Melchior, seul à montrer son inquiétude.

— Et il travaille tellement bien! dit le roi Gaspard.

— Oui, zézaya l'un des bergers dont les lèvres avaient été fendues par les plantes grimpantes, il peut mettre ton âme dans le bois.

D'en haut, la statue du hibou hulula doucement pour approuver.

— Je ne l'aurais jamais cru si je n'en avais pas été témoin, dit la statue de saint Joseph d'une voix de maître d'école. C'était à l'encontre de ma formation scientifique.

— Oui, tu devrais être très prudent, dit la mère. Mais tu le seras, n'est-ce pas? Tu dormiras plus loin et tu nous quitteras au matin. Tu es très sensible, comme le fils de la cuisinière. Il a trouvé un vrai foyer lorsqu'un homme d'une autre ville a épousé sa mère. Au Refuge, on a crié au scandale alors que tant de bonnes filles ne trouvaient pas de maris. Il me manque encore, ajouta-t-elle. Mais va-t'en maintenant. Il y a tout un monde qui t'attend dehors.

– Un monde merveilleux! fit M. Lignum en riant. Pourquoi viendrais-tu nous rejoindre?

Qu'est-ce qu'il voulait dire par là? se demanda Brian. C'est vrai qu'il avait parlé contre le monde entier, lui qui était enfermé dans cette église et dans cette ville pour une raison bien particulière. Quant aux statues, elles ne pouvaient pas bouger. Le monde extérieur n'était pourtant pas si mauvais que cela. Il pensa à Nestor, le camionneur, maintenant très loin parmi les champs enneigés, marmonnant peut-être un peu tristement au souvenir de son passager clandestin de Merchantville, et en attendant que le jour de Noël se lève.

Mais Brian n'était pas encore pressé de partir. Pourquoi dormirait-il ailleurs le reste de la nuit, alors qu'il avait tant à apprendre ici?

Les yeux grands ouverts, il regarda le sculpteur réparer les statues des hommes et des animaux qu'il venait juste d'apporter. Monsieur Lignum possédait ses propres outils : des ciseaux qui brillaient doucement, un genre de petite herminette, une perceuse en argent qui pénétrait le bois comme si c'était du beurre.

Et lorsque le sculpteur avait besoin de nouveaux matériaux pour boucher un trou ou une fente dans les nouvelles statues, il prenait simplement du petit bois empilé à côté de lui, qui semblait fondre entre ses mains. Était-ce vraiment du bois sec que le menuisier moulait de la sorte? On aurait plutôt dit une matière vivante, comme de la chair, à laquelle un artisan habile pouvait donner la forme qu'il voulait. Il n'était pas surprenant que ces statues puissent parler, du moins pour ceux qui pouvaient les entendre. Cette pensée prit racine dans l'esprit de Brian alors qu'il combattait le sommeil. Il pourrait sûrement rester là jusqu'au premier chant du coq.

❧ VI ❧

L'histoire finit ici, du moins ce qu'on en connaît. Un matin de Noël, après une bonne nuit de sommeil, Brian Newgate pourrait très bien être reparti de par le monde, peut-être avec l'argent trouvé dans le bureau du pasteur. Ou il pourrait encore être retourné à l'agence de Toronto, racontant comment il avait été faussement accusé de vol chez le deuxième fermier et comment il s'était enfui de là. Il pourrait avoir eu plus de chance dans une troisième ferme.

Après tout, plusieurs de ces enfants démunis se sont bien débrouillés dans ce pays, et Brian pourrait bien être l'un d'entre eux. Il pourrait très bien aussi avoir reçu une bonne éducation, appris un métier, élevé une famille. Entre-temps, il aurait pu rendre l'argent volé au pasteur, et même un peu plus pour se libérer la conscience.

Voilà une des fins possibles de l'histoire. À nous d'en tirer nos propres conclusions, surtout ceux d'entre nous qui ont visité l'église.

Dans la brochure que vous avez peut-être achetée après avoir admiré les personnages de la crèche, vous pouvez tout apprendre sur leur origine : comment, au temps du pasteur Cyril Naismith, un artiste inconnu a fabriqué ces statues qui furent alors mystérieusement cachées derrière des cloisons oubliées. Comment le pasteur Granfield Prescott, à qui on doit les améliorations apportées à la structure de l'église, y compris le premier carillon électrique du district, découvrit ces statues au cours d'importantes rénovations. Comment aussi il a insisté pour qu'on expose ces statues qu'on peut aujourd'hui admirer.

Une grande partie des revenus de la brochure va à l'entretien de l'église. Votre guide peut vous dire que, curieusement, les statues elles-mêmes requièrent peu ou pas de soins : elles ne montrent aucun signe de vieillissement et même les occasionnelles éraflures ou les rares graffitis faits par les touristes semblent avoir disparu le lendemain.

Comme la brochure le fait remarquer, la plupart des personnages de la crèche sont traditionnels : la Sainte Famille, les bergers, les trois mages, les bêtes de l'étable, et quelques ajouts de la faune canadienne.

Quoique non traditionnel, un autre ajout se marie bien au groupe. Puisque les rois doivent avoir des serviteurs, il s'agit de celui de Balthazar. Lui-même est un digne monarque dont les yeux semblent voir très loin. Toujours d'après la brochure, son visage a de curieux traits orientaux, différents de ceux des autres statues. Dans une main, Balthazar porte un plateau sculpté rempli de gâteaux, de fruits et de friandises. Même aujourd'hui, on les dirait bons à manger; quelqu'un

semble le croire en tout cas. Derrière la statue du roi, se dresse celle d'un garçon chétif avec des cicatrices à la bouche et au cou. Il tient la robe du roi d'une main; l'autre est tendue en avant… pourquoi? Pour dépoussiérer la ceinture du roi? Pour chasser une mouche – sculptée elle aussi – qui s'est posée sur le bras de Balthazar? Mais sûrement *pas*, comme certains l'ont suggéré, pour voler l'un des gâteaux de l'assiette du bon roi.

FIN

L'art de la gravure sur bois

L'art d'imprimer à partir de blocs de bois est très ancien. En fait, ce fut la première méthode d'imprimerie. Elle demeura le moyen primitif pour transmettre l'information imprimée jusqu'à ce que Gutenberg invente l'impression à caractères mobiles vers 1450. La gravure en relief fut alors consacrée à la décoration et à l'illustration.

Au cours du XVIIIe siècle, la gravure sur bois devint beaucoup plus sophistiquée. Les artistes passèrent de la gravure sur bois de fil, où le bois est coupé dans le sens des fibres, à la gravure sur bois debout, où le bois est coupé perpendiculairement aux fibres. Il en résulta une plus grande sensibilité de l'expression artistique.

N.R. Jackson a utilisé la technique de gravure sur bois pour illustrer ce livre. Chaque image a été gravée à l'envers dans un morceau d'érable. Elle a ensuite été imprimée à la main sur une presse à cylindre; l'épreuve tirée a été ensuite photographiée pour obtenir l'image finale.

«Pour respecter l'œuvre de l'artiste, nous n'avons pas traduit les mots apparaissant sur les gravures originales.»